… UND ALLEM WAS FOLGT

… UND ALLEM WAS FOLGT

von

Madison S. Archer

© 2016 Madison S. Archer

Alle Rechte vorbehalten

Herstellung und Verlag:

BoD – Books on Demand, Norderstedt

ISBN 978-3-7412-2555-0

Ich widme diesen Roman
dem wunderbaren australischen Schauspieler
Nick Tate
Der mich durch seine unvergessliche Rolle
in der Fernsehserie Mondbasis Alpha 1
bis zum heutigen Tage inspiriert hat
und es immer noch tut

Ein Teil der in diesem Roman vorkommenden
Figuren sind von realen und fiktiven
Personen inspiriert

Jedoch ist die in diesem Roman
erzählte Handlung frei erfunden

Es wurde über sie geschrieben, gesungen und
gedichtet
und es wurde um sie gekämpft.
Ihretwegen wurden sogar Kriege geführt.

Liebe

Sie ist ewig und allgegenwärtig.
Sie kann so stark sein,
dass sie ein ganzes Leben lang hält.

Doch für jene Liebe,
von der diese Geschichte berichtet,
ist ein Leben nicht genug…

Nora Koenig war Krankenschwester und Rettungssanitäterin im Unfallklinikum in Frankfurt am Main. Normale Zeit, normaler Job und fast normales Leben. Längst war der anfängliche Enthusiasmus der brutalen Realität des Alltages gewichen. Es war ein Leben, das ihr buchstäblich die Luft zum Atmen nahm. Jeden Tag mehr, wie ein viel zu enges Korsett. Und nicht die Arbeit war der Grund dafür.

Nora litt unter den ständigen Eskapaden und brutalen Übergriffen ihres untreuen Ehemannes. In den eigenen vier Wänden lebte er seine dunkle Seite; seine sadistische Seite; voll aus. Und es fiel Nora von Mal zu Mal schwerer, gute Miene zum bösen Spiel zu machen, nur damit die Nachbarn und Kollegen nichts bemerkten.

In letzter Zeit hatte sie zudem beinahe ständig das Gefühl, beobachtet zu werden. Auf jeden Fall konnte es so nicht weiter gehen. Sie wollte nicht länger das Opfer sein. Sie musste etwas tun.

Am 2. Februar 2012 war es schließlich soweit. Über Wochen und Monate war in Nora der Entschluss gereift. Und heute wollte sie ihn in die Tat umsetzen. Das Büro des Chefarztes war nur noch eine Tür entfernt. Sorgfältig hatte sie sich jedes Wort, das sie sagen würde zurechtgelegt. „Ich verlasse Dich!"

Drei einfache Worte. Jedes für sich genommen machten sie nicht viel her, doch in ihrer Gesamtheit, ihrer schlichten Eleganz, wirkten sie wie Dynamit.

„Niemand verlässt Martin Koenig", hatte er ihr hinterher geschrien. Doch sie erwiderte nur leise

„ich habe es gerade getan". Und diese leisen Worte trafen ihn mit solch einer Wucht, dass er vor Schmerz zusammenzuckte.

Nora hatte sich bereits ein paar Wochen zuvor, mit der Hilfe eines netten älteren Herrn, den sie aus ihrem Stammcafé kannte; eines Mannes, der ihr über Monate hinweg ein guter Freund geworden war; ein kleines Ein-Zimmer-Appartement in der Nähe der Klinik gemietet und alle Dinge, die ihr etwas bedeuteten, bereits dorthin gebracht. Sie kehrte an diesem Tag nicht mehr in die eheliche Wohnung zurück.

Die folgende Scheidung war nur noch eine Formalität. Aufgrund sehr überzeugender Belege, die Nora über mehrere Monate hinweg gesammelt hatte, überzeugten die Anwälte Martin Koenig, dass es für ihn besser war, die Schmutzwäsche im Schrank zu lassen. Denn davon hatte er einen weitaus größeren Anteil, als seine bedauernswerte sogenannte ‚bessere' Hälfte. Und er konnte von Glück reden, wenn seine reichlich dokumentierten Anfälle von Sadismus nicht noch andere rechtliche oder gar berufliche Konsequenzen für ihn hatten.

Da ihre Ehe kinderlos geblieben war, musste niemand unter der Trennung leiden, außer Martins Ego. Noch wenige Jahre zuvor hatte Nora es bedauert, keine Kinder bekommen zu haben. Doch nun, mit einundfünfzig Jahren, war sie froh darüber, dass sie mit diesem Mann nichts mehr verband.

Dank einer guten Abfindung, mit der Koenig sich zugleich ihr Schweigen über alle seine Handlungen während ihrer Ehe erkaufte, war es

Nora nun möglich, all die Dinge zu tun, die ihr Mann sie aus Missgunst, Bosheit und unerschöpflicher Kontrollsucht niemals hatte tun lassen.

Nachdem die Scheidung rechtskräftig und die Abfindung überwiesen war, löste Nora ihre kleine Einzimmerwohnung auf, in die sie nach Jahren der Demütigung geflüchtet war. Sie machte alles zu Geld und behielt nur das, was in einen Koffer passte, kaufte sich eine kleine Outdoor-Ausrüstung und ein Ticket nach Australien und ließ ihr altes Leben hinter sich.

Beim Betreten des Flugzeuges holte sie tief Atem, schloss für einige Sekunden die Augen und wusste, dass nun etwas vollkommen Neues beginnen würde. Sie sollte damit Recht behalten, allerdings anders als sie erwartete.

X

Auf dem Flughafen in Sydney schien es ihr, als betrat sie eine neue und fremde Welt. Die Luft schien vor Leben zu vibrieren. Es war angenehm warm und sonnig. Und es kam ihr vor als ob die Menschen alle mit zufriedenen Gesichtern herum liefen. Trotz der Hektik im Abfertigungsgebäude kam Nora diese Welt so friedvoll vor.

Schon während des Fluges hatte sie sich mit einer Gruppe von fünf Studenten angefreundet, die als Backpacker Australien bereisen wollten. Die hatten Nora kurzerhand adoptiert, nachdem sie ihre Geschichte gehört hatten. Nun gesellten sie sich gutgelaunt zu ihr und halfen Nora dabei, ihr Gepäck vom Förderband zu fischen.

Dass Sie dabei beobachtet wurde, bemerkte sie nicht. Ein älterer Mann mit sonnengebräunter Haut und schütterem Haar stand neben einem Pfeiler in der Nähe, mit einem anderen unscheinbaren jünge-ren Mann offenbar in ein Gespräch vertieft. Doch beide ließen Nora nicht einen Augenblick aus den Augen. Dabei war der ältere der beiden sehr darauf bedacht, von Nora nicht gesehen zu werden.

Nora hatte bereits von Deutschland aus ein Wohnmobil reserviert. Jetzt, mit ihren neu gewon-nenen Freunden im Gepäck, war das natürlich zu klein, da es nicht über genügend Sitzplätze verfügte. Also suchte Nora den Schalter der Autover-mietung, um das Fahrzeug gegen ein anderes einzutauschen.

Sie erhielt einen Camper der, zugegebener-maßen, schon etwas in die Jahre gekommen war. Doch bei seinem Anblick war sie für einen Augenblick der glücklichste Mensch auf Erden.

Und zum Glück hatte sie, aufgrund ihres Berufes als Rettungssanitäterin, vor einigen Jahren die Prüfung für den LKW Führerschein abgelegt. Somit war das mit der Fahrerlaubnis für das größere Fahrzeug kein Problem.

Als sie das Flughafengelände verließen, folgte ihnen der jüngere der beiden Männer, von denen sie zuvor beobachtet worden waren. Der ältere blieb zurück, mit einer Mischung aus Hoffnung und Sorge im Blick.

Nora überließ es ihrer neuen Clique, die Route zu bestimmen, denn offensichtlich hatten ihre fünf Mitreisenden ihren Trip bereits im Voraus gut geplant. Und da sie, dank Nora, jetzt motorisiert unterwegs sein konnten, verschaffte ihnen das die Zeit, an einigen Orten auf ihrer Route etwas länger zu verweilen.

Sie verstauten also ihr Gepäck, schnallten sich an und schon ging es los. Mirko, der Anführer der Clique, setzte sich zu Nora nach vorne und übernahm das Navigieren. Er wollte einmal Landvermesser werden und verstand sich hervorragend aufs Kartenlesen. Er fand sogar Wege, die auf keiner Karte eingezeichnet waren. Sandra, seine Freundin, sie studierte Geologie, nahm neben ihm Platz. Ein stiller Typ namens Sascha, alle nannten ihn nur „Stick", saß hinter Nora am Fenster. Er war der Künstler unter ihnen und führte das Reisetagebuch. Folglich hatte er beinahe ständig eine dicke Kladde in der Hand und fertigte Bleistiftzeichnungen an. Cruze, der Medizinstudent, saß in der Mitte neben Stick. Und Ellen, die einmal Sporttherapeutin werden wollte, saß hinter Sandra.

Die geplante Strecke war folgende: Zuerst wollten sie nach Süden, die Südküste entlang bis nach Adelaide. Nach einem kurzen Abstecher nach Kangaroo Island sollte es von Adelaide aus über Port Augusta ins Landesinnere zum Lake Torrens und von dort nach Coober Pedy gehen. Danach wieder zurück an die Küste und weiter Richtung Westen nach Perth. Dann über Kalgoorlie und Warburton zum Ayers Rock, der jetzt wieder Uluru genannt wird. Von dort sollte es nach Norden über Alice Springs nach Darwin, zum Kakadu National-park, dann an der Nordküste entlang Richtung Osten nach Townsville. Und dann immer die Küste entlang Richtung Süden, über Mackay, Alligator Creek, die Sunshine Coast nach Brisbane; von dort einen Abstecher nach Walkabout Creek, der Heimat von „Crocodile Dundee" (Held einer Aussie-Komödie aus den Neunzigern); und danach bis zurück nach Sydney, wo sie sich vor dem Rückflug noch ein paar Tage erholen wollten.

So der Plan.

Nach einer kurzen Eingewöhnung kam Nora gut mit dem Linksverkehr zurecht.

Die ersten Tage der Reise waren aufregend und neu. Die Musik im Radio klang wie die Begleitung zu einem Film, der sich in Noras Kopf abspielte.

Nachdem sie die großen Städte hinter sich gelassen und den Weg nach Coober Pedy einge-schlagen hatten, veränderte sich die Landschaft und damit auch die Aussicht drastisch. Die staubigen Pisten erstreckten sich endlos vor ihnen.

Die Welt war endlich wieder **unendlich**.

X

Die Wochen vergingen wie im Flug. Sie verweilten nie länger als zwei Tage an einem Ort. Es gab so viel zu sehen und viel zu wenig Zeit. Die Nächte verbrachten sie, soweit sie sie erreichen konnten, auf Campingplätzen.

In der zweiten Woche bei einer plötzlichen, nächtlichen Überschwemmung, aufgrund starker Regenfälle im Hinterland, wäre die in einem kleinen Zelt schlafende Ellen um ein Haar den Fluten zum Opfer gefallen, wäre sie nicht so sportlich durchtrainiert gewesen. Sie konnte sich gerade lange genug an einem stabilen Ast festhalten, bis sie mit einem Seil von mehreren starken Männern ans rettende Ufer gezogen werden konnte.

Am Abend zuvor war ihr das ausgetrocknete Bett des kleinen Flusses, in dessen Mitte sie ihr Zelt aufgestellt hatte, nicht einmal aufgefallen.

Jedenfalls schliefen nach diesem Erlebnis alle nur noch im Camper. Es war zwar eng, aber gemütlich. Und Nora genoss diese familiäre Nähe.

X

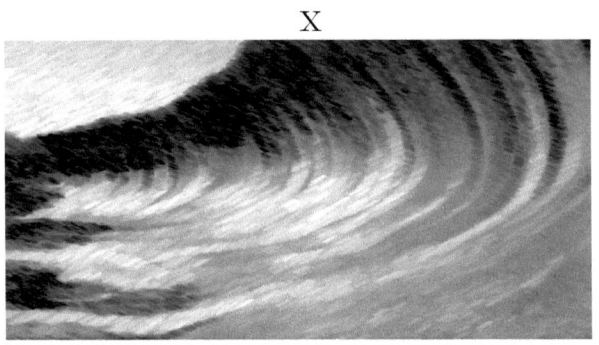

Natürlich mussten sie auch tagsüber öfter rasten. Da Nora als einzige über den erforderlichen Führerschein verfügte, um dieses große Fahrzeug fahren zu dürfen, konnte sie von keinem der Anderen beim Fahren abgelöst werden.

Bei diesen notwendigen Ruhepausen stellten sie den Camper einfach auf den Seitenstreifen und beobachteten die riesigen Trucks, sogenannte Road Trains, die mit mehreren Anhängern gleichzeitig unterwegs waren und bis zu 53 m lang sein konnten. Das war wirklich jedes Mal ein atemberaubender Anblick.

Während dieser Pausen brachte Stick Nora das Zeichnen bei. Und bei einer dieser Gelegenheiten stellte er Nora die Frage, die ihn schon die ganze Zeit beschäftigte. „Wieso eigentlich Australien? … Ich meine … es ist ja nicht gerade naheliegend."

„Genau."

„Genau was …?"

„Es ist nicht gerade naheliegend. … Ich wollte einfach die maximal mögliche Entfernung zwischen mich und Martin bringen. … Außerdem hab ich hier einen Freund. …"

Stick sah sie erstaunt an.

„Er weiß nicht, dass ich komme. … Wir haben uns vor etwa zwei Jahren in meinem Stammcafé kennengelernt. Er war mir in einer schlimmen Zeit eine große Hilfe. Obwohl ihm das selbst vermutlich nicht mal klar ist. … Er ist Australier. Also …"

„Also hast Du gedacht … ich schau mal vorbei und sag Hallo?"

„So in der Art. Ja. … Klingt albern. Nicht?"

„Nein, gar nicht."

X

Trotz der vielen Pausen kamen sie gut voran und arbeiteten sich allmählich durch ihre Wunschliste.

Nach einem Sturz bei der Besteigung des Ayers Rock, es war ein Sonntag, mussten sie Cruze zu einem Dorf in der Nähe bringen, wo an diesem Tag der einzige Arzt weit und breit zu finden war. Nora parkte den Camper auf einer großen freien Fläche neben einer Kirche. Das Gebäude war aus Holz und die Farbe, in der es angestrichen war, ist wohl irgendwann einmal weiß gewesen. Ein paar vertrocknete Büsche wurden vom Wind über den

19

Platz getrieben, fast so, wie man das manchmal in alten Cowboyfilmen sah. Die ganze Atmosphäre erschien Nora auf unheimliche Art unwirklich.

Sie versuchte, dieses Gefühl abzuschütteln, nahm sich einen Klappstuhl und den Zeichenblock, setzte sich in den Schatten neben dem Camper und zeichnete, während die Anderen mit Cruze beim Arzt waren.

Unter einem breit ausladenden schattigen Baum, der mitten auf dem Platz in der Nähe stand, saß ein alter Aborigine. Er schien uralt zu sein, hatte ein faltiges Gesicht, doch sehr wache Augen. Und mit diesen Augen fixierte er Nora. Dann, ganz gemächlich, erhob er sich. Während er langsam auf Nora zukam, tauchte hinter dem Baum ein Junge auf, der dem Alten folgte.

Direkt vor Nora blieb der Mann stehen und sprach sie an. Natürlich verstand Nora ihn nicht. Der Junge, offenbar der Enkel des Alten, versuchte zu übersetzen. „Er sagt, du bist ein Traumwanderer."

„Kannst du mir sagen, was er damit meint? Ich bin kein Schlafwandler …"

„Nein, ein Traumwanderer. … Er hat dich schon mal gesehen. … Viel früher", der Mann hörte nicht auf zu reden und Nora sah von ihm zu dem Jungen und zurück, während der Junge erklärte. „Er hat dich gesehen, als sein Sohn, mein Vater, noch so klein war wie ich jetzt."

„Ich denke, dein Großvater verwechselt mich mit Jemandem. … Ich war noch nie hier in diesem Land. … Höchstens mal in einem …"

„Traum?"

Nora bekam eine Gänsehaut. Sie schüttelte den Kopf, so als könnte sie damit die unheimlichen Gedanken abschütteln, die gerade versuchten, von ihrem Gehirn Besitz zu ergreifen.

„Du BIST ein Traumwanderer! ... Er hat dich gesehen. ... Hier drin", damit tippte sich der Junge gegen seine Schläfe.

Der alte Mann schien gesagt zu haben, was er sagen wollte, denn er drehte sich um und ging zurück zu seinem Platz. Der Junge folgte ihm, drehte sich aber auf halbem Wege noch einmal um und sah Nora grübelnd an.

„Er hat gesagt, du sollst keine Angst haben. ... Es wird alles gut." Damit trollte er sich und setzte sich neben seinen Großvater unter den Baum.

In diesem Moment kamen die Anderen zurück. Mirko schaltete sofort in den Beschützer-Modus, machte die Brust möglichst breit, kam auf Nora zu und würdigte den Jungen mit einem skeptischen Seitenblick. „War irgendwas?"

Nora lächelte erleichtert. „Ehrlich gesagt, keine Ahnung. ... Ich denke der Alte hat mich mit jemandem verwechselt."

X

Auch die schönsten Ferien gehen einmal zu Ende. Für die letzten Tage standen sie mit dem Camper auf einem Campingplatz in einem Naturschutzgebiet in den Bergen oberhalb von Sydney. Etwas Erholung konnten sie jetzt alle gut gebrauchen.

Es war still und friedlich hier, obwohl sie der Großstadt hier so nahe waren. Sie unternahmen lange Wanderungen und genossen den Frieden in der Natur, der starke Ähnlichkeit mit dem Gefühl hatte, das einen beim Betreten einer Kirche augenblicklich überkam. Cruze war sich sicher, dass das mit den ätherischen Ölen der unterschiedlichen, hier heimischen, Nadelhölzer zusammen hing.

Nach einigen Tagen gab es eine beunruhigende Meldung im Radio. Eine Feuerwarnung. Viele Kilometer entfernt war wegen der langen Trockenheit ein Brand ausgebrochen und eine Feuerwalze bewegte sich Richtung Sydney. Dabei kam sie dem Campingplatz gefährlich nahe. Kaum einen Tag später ging plötzlich alles ganz schnell. Mitten in der Nacht musste der Platz geräumt werden. Die Parkwächter versuchten, alles so geordnet wie möglich ablaufen zu lassen und so eine Panik zu verhindern. Als dann jedoch durch überspringendes Feuer die Fluchtwege versperrt wurden, mussten die letzten Eingeschlossenen mit dem Hubschrauber ausgeflogen werden.

So saßen dann Nora, ihre Freunde und noch zwei weitere Ehepaare mit wenigen Habseligkeiten bepackt in einem Lastenhubschrauber, der in den Turbulenzen der aufsteigenden Hitze verzweifelt versuchte, an Höhe zu gewinnen.

Durch Funkenflug gerieten weitere stark ausgetrocknete Nadelbäume in Brand. Es war wie eine Explosion direkt unter ihnen. Der Pilot konnte den Hubschrauber nicht schnell genug aus der Gefahrenzone manövrieren und die Maschine stürzte ab.

Nora, in der Maschine eingeklemmt, spürte das Feuer immer näher kommen, sah noch verschwommen das Lodern der Flammen durch eine der zerbrochenen Seitenscheiben. Dann wurde ihr plötzlich eiskalt. In ihrer Erinnerung hörte sie die Berichte von Leuten mit starken Verbrennungen, dass sich Feuer auf der Haut zuerst eiskalt anfühlt. Eine Stimme hallte in ihrem Kopf wider, „Du sollst keine Angst haben. ... Es wird alles gut." Dann verlor sie das Bewusstsein.

X

Als Nora wieder zu sich kam, lag sie auf einem Bett in einem altmodisch aussehenden Zimmer, das Ähnlichkeit mit einem Mädchenwohnheimzimmer hatte. Sie hatte einen bitteren Geschmack im Mund und ihr war übel. Ein aufgeregtes Mädchen zerrte an ihr herum und nannte sie Chris. Plötzlich überkam sie ein starker Druck in der Magengegend. Sie konnte sich gerade noch zur Seite drehen, da ergoss sich ihr gesamter Mageninhalt bereits über den Teppich vor ihrem Bett. Der hämmernde Schmerz in ihren Schläfen ließ daraufhin allmählich nach.

Nora war verwirrt und hielt alles für einen schlechten Traum. Dann kamen plötzlich zwei Rettungssanitäter herein, legten sie auf eine Krankentrage und transportierten sie in einen sehr altmodisch aussehenden Krankenwagen.

Im Krankenhaus, in das man sie brachte, schien die Zeit in den frühen Achzigern stehengeblieben zu sein.

In der Notaufnahme wurde ihr der Magen ausgepumpt. Sie war wie benommen und ließ alles mit sich geschehen, wie eine willenlose Puppe. Und da Nora auf keine der ihr gestellten Fragen eine zufriedenstellende Antwort geben konnte, da sie sich an nichts erinnern konnte, wurde sie in die geschlossene Psychiatrie eingewiesen.

Erst als sich die Tür des Krankenzimmers hinter ihr schloss und sie hörte, dass ein Schlüssel im Schloss umgedreht wurde, dämmerte ihr allmählich, dass dies kein Traum war.

Sie sah sich in dem Zimmer um und erkannte in der Nähe der Tür eine Sanitärecke, die vom

Zimmer nur durch einen Vorhang getrennt war. Sie ging zum Waschbecken, drehte das kalte Wasser auf, nahm eine Handvoll, spülte ihren Mund aus und kühlte ihr erhitztes Gesicht. Als sie den Kopf hob und ihr Blick in den Spiegel fiel, blickte ihr ein fremdes Gesicht entgegen. Ihr durch den Schock überfordertes Nervensystem gaukelte ihrem Gehirn unzählige Feuerwerksexplosionen vor. Noch wehrte sie sich gegen die herannahende Dunkelheit, jedoch vergeblich. Noch bevor ihr Körper den staubigen Boden berührte, war das Bewusstsein einer tiefen, undurchdringlichen Ohnmacht gewichen.

X

Seit einigen Tagen nun war Nora bereits in der geschlossenen Psychiatrie. Weder hatte sie bis jetzt die Fragen, die man ihr stellte, beantworten können, noch hatte sie inzwischen Besuch erhalten. Die meiste Zeit lag sie auf ihrem Bett und grübelte vor sich hin.

Sie war wohl kurz eingedöst, denn sie erschrak, als der Schlüssel im Schloss gedreht und die Tür aufgeschoben wurde. Im Türrahmen stand ein älterer, vornehm gekleideter Herr. Als er Nora auf dem Bett liegen sah, ging er sofort auf sie zu, mit einem erfreuten Lächeln auf dem Gesicht. „Chris. ... Schön dass es ihnen wieder besser geht."

Er zog sich den einzigen Stuhl im Raum heran und setzte sich direkt neben das Bett. Erwartungsvoll fiel sein Blick zur Tür. Der Krankenpfleger verstand die unausgesprochene Aufforderung und schloss die Tür hinter sich.

Nora sah dem Herrn offen ins Gesicht und zog die Stirn kraus. „Sollte ich sie kennen?"

Sorgenvoll ruhte der Blick des älteren Mannes auf Nora. „Sie haben mir gesagt, du würdest alles verdrängen, was passiert ist. Doch so schlimm hätte ich es mir nicht vorgestellt. ... Erinnerst du dich wirklich nicht an mich?"

„Wenn sie mir versprechen, nicht gleich schreiend aus dem Zimmer zu rennen um mich in die Gummizelle zu schicken, erzähle ich ihnen auch warum." Nora sah den Mann angriffslustig an. Offenbar war ihr bereits damit gedroht worden. Ihr Besucher indessen blieb ganz ruhig.

„Ich verspreche dir, dass dich niemand in eine Gummizelle stecken wird. ... Jedenfalls nicht, wenn ich es verhindern kann!"

Nora überlegte kurz und begann, ihre Geschichte zu erzählen. Ihr Leben mit Martin Koenig, ihre Arbeit als Krankenschwester und Rettungssanitäterin, die Scheidung, die Reise nach Australien, das Buschfeuer, der Absturz und dann wie sie hier in einem Körper, der ihr fremd ist, wieder aufgewacht war.

Als sie ihre Erzählung beendete, hatte vor dem Fenster bereits die Dämmerung eingesetzt.

Lange war es so still im Zimmer, dass Nora sogar das feine Ticken der Armbanduhr ihres Besuchers hören konnte. Dann nickte der ältere Herr ihr freundlich zu.

„Ich glaube dir, Nora. Diese Geschichte ist selbst für eine Studentin aus der Drehbuch-Klasse eine Nummer zu groß. Sie klingt so unwahrscheinlich und an den Haaren herbei gezogen, die muss einfach wahr sein."

Nora überlegte noch einen Augenblick, dann hatte sie eine Idee. „Was für ein Datum ist heute?" Und als ihr Besucher sie fragend ansah, „als Nora hatte ich ein eidetisches Gedächtnis. Alles was ich jemals gesehen oder gelesen habe, war für immer in meinem Kopf gespeichert. ... Wenn das in diesem Körper noch funktioniert, kann ich ihnen vielleicht beweisen, dass meine Geschichte wahr ist."

Der Besucher nickte bestätigend. „Wir haben heute den 20.03.1973, kannst du damit etwas anfangen?"

Nora überlegte kurz und sofort legte sich ein breites Grinsen auf ihr Gesicht. „Und ob ich das kann. ... Interessieren sie sich für Fußball?"

„Eher weniger", antwortete ihr Besucher gedehnt.

„Na heute müssen sie sich auf jeden Fall das UEFA-Cup Rückspiel Borussia Mönchengladbach gegen den 1.FC Kaiserslautern anschauen. ... In der 42ten Minute schießt Günter Netzer das Tor zum 2:1 für Mönchengladbach. Und Gladbach gewinnt haushoch mit 7:1. ... Ich denke, da das Spiel noch nicht mal angepfiffen wurde, sollte das Ergebnis als Beweis ausreichen."

„Dann sollte ich mich wohl beeilen, dass ich es nicht verpasse." Erfreut über diese Möglichkeit der Wahrheitsfindung erhob sich der Mann und schritt entschlossen zur Tür. Als er sich zu Nora umdrehte starrte diese grübelnd vor sich hin. „Blöde Frage", sie kaute auf ihrer Unterlippe, „aber wer sind sie eigentlich?"

„Mein Name ist Professor Richard Evert. Ich bin dein Mentor an der Film-Akademie."

X

In den nun folgenden Wochen erhielt Nora beinahe jeden Tag Besuch von Professor Evert und häufig auch von dessen Frau.

Von Evert erfuhr Nora, dass Chris, in deren Körper sie steckte, von einem Kommilitonen vergewaltigt worden war und deswegen bereits einen Selbstmordversuch hinter sich hatte. Nora erfuhr, dass Chris Studentin an der Filmakademie in München war, wohin sie nach der Vergewaltigung von der Akademie für zeitgenössische Kunst gewechselt war.

Nora wurde genauestens über die Lebensgeschichte von Chris informiert, jedenfalls soweit Evert sie kannte.

Nach einer sehr gründlichen Anhörung vor der Ärztekommission wurde Nora in die Obhut von Evert und seiner Frau entlassen.

Eine große Erinnerungslücke half Nora bei ihrem Vorhaben, ihr Leben als Chris weiter zu führen. Auf diese Weise konnte sie entschuldigen, dass Sie ihre Kommilitonen nicht kannte und ihr vieles des bereits gelernten Unterrichtsstoffes fehlte. Dank ihres eidetischen Gedächtnisses lernte sie innerhalb kürzester Zeit diesen fehlenden Stoff nach. Evert und dessen Frau, bei denen sie jetzt wohnte, unterstützten sie dabei.

Weil Nora/Chris auf lange Sicht nicht in Deutschland bleiben wollte, da sie ständige Dejavues befürchtete, wollte Nora ein Jahr Auslandspraktikum in ihr Studium einschieben. Die dafür erforderliche Anzahl an bestandenen Prüfungen (sogenannte Scheine) schaffte sie durch ihr phänomenales Gedächtnis mit Leichtigkeit.

Evert brachte sie als Praktikantin in den Studios einer englischen Fernsehserie unter. Hierbei erwies sich Everts Freundschaft zu dem englischen Produzenten Ehepaar Andrea und Michael Wentworth als sehr hilfreich.

Chris sollte dort an ihrer Diplomarbeit arbeiten und ihre Ausbildung vervollständigen. Die Wentworth's versprachen, sie dabei nach Kräften zu unterstützen.

X

Chris wurde in London von allen freundlich aufgenommen. Alle wunderten sich über ihre Reife, trotz ihres jungen Alters von gerade einmal 19 Jahren.

Ein Angebot, bei den Wentworth's zu wohnen lehnte Chris dankbar ab. Sie nahm sich ein kleines Appartement in der Nähe der Studios. Und innerhalb kurzer Zeit machte sie sich als "Mädchen für alles" unentbehrlich.

Die Rollen der Serie, für die Chris nun ebenfalls ihren Beitrag leisten durfte, waren international besetzt. Es herrschte eine Atmosphäre von gegenseitigem Respekt und Wertschätzung. Von Zickenterror hinter den Kulissen, wie man das von einigen anderen Fernsehserien gelegentlich zu hören bekam, blieb diese Produktion weitgehend verschont. Dies war hauptsächlich ein Verdienst der Wentworth's.

Alan Joseph Harper, ein dreißigjähriger Australier und Mitglied der Stammbesetzung der Serie, fühlte sich von Anfang an zu Chris hingezogen, da sie so ganz anders war, als die anderen jungen Frauen ihres Alters, die er kannte. Mehr noch. Er hatte das unerklärliche Gefühl, sie schon lange zu kennen. Doch, obwohl er auch ihr auf seltsame Weise vertraut vorkam, wagte Chris nicht, seinem zaghaften Werben nachzugeben, aus Angst sie könnte sich verraten. Aber auch sie fühlte sich zu diesem Mann hingezogen, und zwar weitaus stärker, als sie jemals zuvor empfunden hatte.

Die Wochen vergingen und jeder im Team bemerkte das verlegene Schweigen, das jedes Mal urplötzlich entstand, wenn die beiden sich zufällig über den Weg liefen. Chris spürte jedes Mal Schmetterlinge im Bauch. Ihr Herz schlug bis zum Hals und sie hätte sich am liebsten in einem Loch im Erdboden versteckt. Und Alan erging es nicht viel anders. Man musste kein Hellseher sein, um zu bemerken, dass sich hier eine Romanze anbahnte.

X

Als Chris bereits seit mehreren Monaten in London war, verliefen die Dreharbeiten unter erschwerten Bedingungen. Die Klimaanlage am Set war ausgefallen, und das während einer extremen Hitzewelle. Alan steckte den ganzen Tag in einem dicken Kostüm. Er trank viel zu wenig und hörte irgendwann auf zu schwitzen. Die Crew merkte nichts von der lebensbedrohlichen Entwicklung. Auch als Alan seinen Text nur noch lallte und plötzlich zusammenbrach lies der Regisseur die Kamera noch weiterlaufen. Erst als Chris ins Bild rannte, Alan den Helm abnahm, den er trug, seinen

Puls an der Halsschlagader zu tasten versuchte und Alans glühendrotes Gesicht deutlich zu sehen war, dämmerte den Anderen allmählich, dass die Situation ernst war.

Chris handelte ganz automatisch, so wie sie es bei vielen ihrer Einsätze als Rettungssanitäterin in ihrem früheren Leben hundert Mal oder öfter getan hatte. Sie hörte nur am Rande dass Jemand rief, Irgendjemand solle einen Krankenwagen rufen. Sie teilte Alans verlegen ringsum stehende Kollegen zum Helfen ein. Einen bat sie, eine Haldane Lösung zu mischen und fand sogar noch die Ruhe, ihm zu erklären wie. Einen anderen bat sie, ihr zu helfen, Alan aus dem dicken Kostüm zu befreien. Und einen dritten schickte sie auf die Suche nach Eis und kaltem Wasser.

Als nach etwa fünfzehn Minuten endlich der Krankenwagen mit dem Notarzt eintraf, war Alans Zustand zwar immer noch kritisch, aber stabil. Er atmete selbständig und war ansprechbar. Der Notarzt lobte Chris für ihr umsichtiges Handeln.

Später im Krankenhaus erfuhr Chris dass sie alles richtig gemacht hatte. Sie hatte als Einzige der Anwesenden den Hitzschlag, den Alan erlitten hatte, richtig erkannt und die korrekten Sofortmaßnahmen eingeleitet. Als der behandelnde Arzt erfuhr, dass Chris erst neunzehn Jahre alt war, äußerte er sich jedoch sehr erstaunt. „Sie haben gehandelt, wie ein Notarzt mit vielen Jahren Berufserfahrung. Kaum zu glauben, dass sie erst neunzehn sind." Er stellte sich ihr so in den Weg, dass ihr klar wurde, dass er sie nicht ohne eine plausible Antwort zu seinem Patienten lassen würde.

„Ich glaube, ich muss in einem früheren Leben Krankenschwester gewesen sein. ... Ich hatte einfach das Gefühl dass ich was tun muss. Und merkwürdiger weise wusste ich in dem Moment auch genau was", flunkerte Chris.

Der Arzt war nicht überzeugt, die Wahrheit gehört zu haben, behielt das jedoch für sich. „Na hoffen wir mal, dass ihre Intuition das nächste Mal auch so korrekt funktioniert, wie dieses Mal."

„Mir wäre es lieber, wenn ein nächstes Mal nicht notwendig wäre", antwortete Chris entwaffnend ehrlich. Damit schien der Arzt sich zufrieden zu geben, denn er gab Chris den Weg zu Alan frei.

Als Chris an sein Bett trat, schlug er gerade die Augen auf. Ihre Blicke trafen sich und versanken beinahe ineinander. Worte waren in diesem Augenblick nicht mehr notwendig. Alles, was gesagt werden musste, wurde gesagt, nur eben ohne Worte.

Wie aus einer alten, lange eingeübten, Gewohnheit heraus, ging Chris zu der Kladde am Fußende des Bettes, auf der die ganzen Werte des Patienten eingetragen wurden, und studierte die Daten. Der Arzt, ein Doktor Dobbson, war inzwischen hinter sie getreten und beobachtete sie, hinderte sie jedoch nicht an ihrem Tun. Er war längst zu der Überzeugung gelangt, dass in dieser zierlichen Person mehr steckte, als sie zugeben wollte. Doch das war ihre Sache, solange sie seinem Patienten keinen Schaden zufügte.

Chris schien indessen zufrieden, mit den Werten, die sie auf der Kladde vorfand, denn sie wandte sich mit einem Lächeln wieder Alan zu. Der machte eine Kopfbewegung in Richtung der Kladde, „was steht denn da so drin?"

„Naja, so Werte wie Blutdruck, Temperatur, Puls … und so weiter", antwortete Chris aus alter Gewohnheit, wie eine echte Krankenschwester.

„Und was sagt dir das alles?"

„Nun, … es sagt mir, dass es dir langsam wieder besser geht." Unbewusst tätschelte sie seine Hand. „Ein, vielleicht zwei Tage, dann bist du schätzungsweise wieder an Deck."

Alan warf einen fragenden Blick zu Doktor Dobbson, der immer noch schräg hinter Chris stand. Der wunderte sich zwar sehr über den Ausdruck, den Chris verwendet hatte, nickte jedoch bestätigend. „Tja Mister Harper. Ihr Schutzengel hier", damit deutete er zu Chris, „hat Recht. … Ein, höchstens zwei Tage, und wir können sie wieder entlassen. … Sie haben wirklich großes Glück gehabt, dass diese junge Dame … sich so hervorragend auf Erste Hilfe versteht." Seine Vermutung, dass Chris nicht die war, die sie zu sein vorgab, behielt er für sich.

X

In den Wochen nach Alans Rettung kamen sich er und Chris langsam näher. Alan begleitete Chris gelegentlich abends nach Hause und ging auch mal mit ihr Essen. Auch sah man sie an den Wochenenden öfter gemeinsam in einem Tanzclub, wie sie Wange an Wange im Rhythmus langsamer Musik auf einer unsichtbaren Wolke zu schweben schienen. Chris wünschte sich nichts sehnlicher, als in Alans Arme zu sinken und die Welt um sich herum vergessen zu können. Längst hatte sie ihr Herz an ihn verloren.

Während der Arbeit steckten sie sich gegenseitig kleine Liebesbriefe zu. Und obwohl es den Anderen nicht verborgen blieb, was sich da zwischen den Beiden abspielte, tat jeder so, als bemerkte er es nicht.

Und an den Abenden, wenn Alan Chris nach Hause begleitet hatte, standen sie dann unten vor der Haustür und spürten beide diese undefinierbare Spannung, die sich aufbaute und immer stärker und drängender wurde. Doch jedes Mal küsste Alan Chris nur ganz sachte auf die Stirn, wartete bis sie die Haustür hinter sich geschlossen hatte, bis er sah wie hinter ihrem Fenster in der zweiten Etage das Licht eingeschaltet wurde und ging dann allein nach Hause. Denn natürlich waren junge Damen in dieser Zeit noch nicht so freigiebig mit dem Verschenken ihrer ‚Gunst'. Und Chris hatte sich inzwischen daran gewöhnt, sich wie eine junge Dame dieser Zeit zu benehmen. Ihr altes Leben war gefühlt Lichtjahre weit weg.

X

Einige Wochen später, die Crew war gerade während des Lunch dabei, die nächsten Einstellungen zu besprechen, erhielt Chris einen Anruf aus München. Sie ging zum Telefon, das an der Wand angebracht war. Schnurlose Telefone oder Handys gab es zu dieser Zeit ja noch nicht.

Als sie die ersten Worte gewechselt hatte, wich jegliche Farbe aus ihrem Gesicht. Sie hob mit einem panischen Gesichtsausdruck die Hand und presste sie vor den Mund. Alan, der ganz in ihrer Nähe saß, erkannte sofort, dass irgendetwas nicht stimmte. Er stand von seinem Stuhl auf und kam auf sie zu. Er war gerade noch rechtzeitig bei ihr, um sie aufzufangen, als sie ohnmächtig wurde.

Von der in diesem Moment herbei geeilten Andrea Wentworth erfuhr die Crew, dass Christinas Mentor, Professor Evert, am Abend zuvor einem Herzinfarkt erlegen war. Andrea war selbst noch ganz erschüttert, da sie und ihr Mann mit Evert und dessen Frau eng befreundet waren. Mitfühlend bat sie Alan, sich um Chris zu kümmern.

X

Als Alan Chris an diesem Tag nach Hause brachte, gingen sie zuerst lange schweigend nebeneinander her. Chris sah dabei die ganze Zeit zu Boden. Und hin und wieder wischte sie sich eine Träne aus den Augenwinkeln.

Als sie an einer Kirche vorbei kamen, hatte Chris eine Eingebung. „Ich möchte gerne eine Kerze anzünden. ... Hast du Zeit?" Alan nickte nur stumm und folgte Chris die sechs Treppenstufen hinauf. Er half ihr dabei, die schwere Tür auf zu ziehen.

Als sie über die Schwelle traten, ging in Chris eine spürbare Veränderung vor. Sie entspannte sich zusehends. Der Duft von Myrrhe und Weihrauch hatte auf beide eine beruhigende Wirkung.

Eine Weile standen beide einfach nur da und ließen die Atmosphäre auf sich wirken. Dann ließ Chris ihren Blick durch das Halbdunkel gleiten, bis sie in einer Ecke die Bank mit den Kerzen entdeckte. Sie warf Alan einen Blick zu und als er ihr wortlos zunickte, ging sie zielstrebig auf die Kerzen zu. Sie kramte in ihrer Jackentasche, fand ein Geldstück und warf es in den Opferstock. Danach nahm sie eine der neuen Kerzen aus dem kleinen Regal unter der Kerzenbank, zündete sie an und stellte sie zwischen die anderen brennenden Kerzen.

Eine Weile blieb sie still im Kerzenschein stehen und starrte in die flackernden Lichter. Dass Alan sich ihr näherte, bemerkte sie zunächst nicht. Er setzte sich lautlos in die Kirchenbank, die den Kerzen am nächsten stand und betrachtete still das Spiel der Lichter auf Christinas Gesicht. Als sie es bemerkte huschte der Anflug eines Lächelns über ihr Gesicht. „Studierst du mich schon wieder?"

„Sorry", er lächelte entschuldigend, „wir Schauspieler trainieren ständig, in Gesichtern zu lesen. … Ist schon Gewohnheit … Obwohl ich sagen muss, dass es mir bei dir manchmal schwer fällt."

Chris straffte ihre schmale Gestalt, als hätte sie sich zu einer Entscheidung durchgerungen. „Wenn du bereit bist, mir zuzuhören ohne zu unterbrechen, dann würde ich dir gerne erzählen warum."

„Hier?"

Chris sah sich suchend um und deutete auf einen Beichtstuhl in der Nähe. Sie nahmen nebeneinander auf der schmalen Bank Platz und schlossen die Tür hinter sich. Chris begann zunächst stockend, doch da Alan sie nicht unterbrach wurde ihre Erzählung immer flüssiger. Sie berichtete ihm von ihrem Leben, ihrer Arbeit und schilderte möglichst exakt die Umstände, die zu ihrer Anwesenheit in dieser Zeit und in diesem Körper geführt haben.

„Ich habe bis heute nicht verstanden, was da genau passiert ist, geschweige denn warum es passiert ist. … Richard meint … meinte …"

„Richard?"

„Ja. … Professor Evert, mein Mentor. … Er ist … Er war … streng katholisch. Und er meinte, es gäbe sicher einen Grund, weshalb das passiert ist. Dass ich womöglich irgendeine Aufgabe zu erfüllen hätte. … Naja, … Irgend sowas in der Art." Sie wischte sich eine Träne aus dem

Augenwinkel, die sich während ihrer Erzählung dorthin geschlichen hatte.

Alan sah sich in der engen Kabine um und hatte plötzlich eine Idee. „Du hast mir das Leben gerettet. … Als ich den Hitzschlag hatte. … Doktor Dobson sagte mir, dass ich ohne deine schnelle Hilfe gestorben wäre." Ohne den Anflug eines Zweifels im Gesicht sah er Chris in die Augen. Doch sie zog die Stirn kraus.

„Ja … Aber wenn ich meine Aufgabe erfüllt habe … Warum bin ich dann immer noch hier?" Ratlos schüttelte sie den Kopf. Auch Alan fiel dazu nichts ein.

Ein Geräusch in unmittelbarer Nähe ließ beide zusammenzucken. „Wie sie vorhin selbst bemerkt haben, sind die Wege des Herrn unergründlich."

Ein sich bewegender Schatten hinter dem Trennvorhang ließ beide erkennen, dass sich offenbar ein Priester die ganze Zeit während Christinas Erzählung in der angrenzenden Kabine aufhielt.

„Haben sie noch nie in Erwägung gezogen, dass unser Vater ihnen einfach nur die Möglichkeit geschenkt hat, ihr Leben noch einmal zu leben? Muss denn alles immer mit einer Aufgabe verbunden sein, außer der … zu LEBEN?" Der Geistliche schob den Vorhang zur Seite und sah die beiden direkt an.

Beim Blick in die dunklen Augen des Geistlichen überkam Chris plötzlich eine Erinnerung. „Vor Jahren habe ich eine Patientin im Rettungshubschrauber in die Klinik überführt. … Ich hielt ihre Hand, als sie starb. … Ihre letzten

Worte waren ‚Das Leben ist ein Geschenk und ich bereue nicht eine Minute davon'. … Dabei sah sie mir so tief in die Augen, als ob sie durch mich hindurch … Oder in mich hinein schauen würde. … Es war irgendwie unheimlich. … So als wollte sie mir damit etwas anderes sagen."

„Das hat sie, Kind", der Geistliche fixierte Chris mit seinen Augen, nagelte sie förmlich auf ihrem Platz fest. „Das Leben IST ein Geschenk. … Es will nicht hinterfragt, sondern einfach angenommen werden. … Nimm dieses Geschenk und lebe. … Frag nicht nach dem Warum, sondern sei einfach dankbar und erfreue dich an dem, was dir geschenkt wurde."

Bei diesen Worten hatte Alan eine plötzliche Eingebung. Er ergriff ihre Hand, zog sie an seine Brust und zwang Chris so, ihn direkt anzusehen. In diesem Moment schien die Zeit stehen zu bleiben. Der Staub, den man in dem spärlichen Lichtstrahl fallen sehen konnte, schien plötzlich in der Luft zu erstarren. Alles schien wie in Zeitlupe abzulaufen. Alan hörte sein eigenes Blut rauschen und fühlte sein Herz bis zum Hals schlagen. Bevor er noch Ordnung in seine wild kreisenden Gedanken bringen konnte, hatte sein Mund die Frage, zu seiner eigenen Überraschung, bereits gestellt, „willst du meine Frau werden?"

Chris war in diesem Moment einer Ohnmacht nahe. Durch ihren Kopf peitschte ein Gewitter von Gedankenblitzen. Ihr Magen zog sich zusammen und ihre Knie begannen zu zittern. Nichts war mehr von Bedeutung. Das ganze Universum schien reduziert zu sein auf diesen einen Augenblick. Wie aus weiter Ferne hörte Chris ihre eigene Stimme „ja, ich will."

Dann war dieser einzigartige Moment vorüber. Die Erde drehte sich weiter, die Zeit bewegte sich fort und der Staub rieselte in dem spärlichen Lichtschein gemächlich zu Boden.

„Möchten sie gleich jetzt getraut werden?", brachte der Priester sich wieder in Erinnerung.

„Würde das gehen?", fragte Alan beinahe tonlos.

„Nun, mein Sohn … Dies ist eine Kirche." Der Priester führte die beiden in eine kleine Kapelle, die sich in einem von der Seite erreichbaren Raum unterhalb des großen Altares befand.

Nachdem der Küster und dessen Frau als Trauzeugen eingetroffen waren, begann der Priester sofort mit der Zeremonie.

Chris war von den vielen Eindrücken noch leicht benommen, während Alan das Gefühl hatte, sich im Leben noch nie so sicher gewesen zu sein. Chris hörte die Stimme des Priesters wie durch Watte. „Und so frage ich dich, Alan, willst du, die hier anwesende, Christina zu deiner rechtmäßig angetrauten Ehefrau nehmen, so antworte mit, ja ich will." Alan folgte der Aufforderung. Danach wandte sich der Priester an Chris. „Und so frage ich dich, Christina, willst du, den hier anwesenden, Alan zu deinem rechtmäßig angetrauten Ehemann nehmen, so antworte mit, ja ich will." Auch Chris folgte der Aufforderung.

Danach überreichte der Küster dem Priester ein paar goldener Ringe aus einer kleinen Holzschachtel. Der Priester reichte den kleineren an Alan weiter, mit der Aufforderung, ihn Chris während des Trauspruches an den Finger zu stecken. Er sprach die Worte vor „mit diesem Ring nehme ich dich zur Frau", doch Alan schüttelte kaum merklich den Kopf und formulierte seine eigenen Worte. *„In diesem Leben und in allen die folgen, gehöre ich dir!"*

Der Priester reichte nun den größeren der beiden Ringe an Chris, die Alan diesen ebenfalls mit den Worten „in diesem Leben und in allen die folgen, gehöre ich dir" an den Ringfinger steckte.

Überwältigt von dem starken Gefühl, hier gerade Zeuge von etwas Besonderem geworden zu sein, erhob der Priester seine Hände über die Köpfe von Chris und Alan. „Kraft der mir von Gott und dem vereinigten Königreich gegebenen Rechte erkläre ich euch hiermit zu Mann und Frau. ... Sie dürfen die Braut jetzt küssen."

X

An diesem Abend nahm Chris Alan das erste Mal mit in ihr Appartement. Sie machten es sich auf ihrem Bett gemütlich und Chris erzählte Alan allerlei Geschichten aus der Zukunft. Dann zeigte sie ihm ein Heft in das sie diverse Dinge geschrieben und gezeichnet hatte, die sie aus der Zukunft nicht vergessen wollte. Einige der Seiten enthielten beunruhigende Ereignisse aus der Zukunft; von der Natur und von Menschen gemachte Katastrophen. Doch der überwiegende Teil des Heftes enthielt die einzelnen Etappen ihrer Australienreise ausgeschmückt mit vielen Zeichnungen, die hauptsächlich bestimmte Orte und ihre Mitreisenden zeigten.

Dazwischen befand sich auch eine Zeichnung, die sie selbst als Nora zeigte. Alan betrachtete die Zeichnung lange und liebevoll. Zärtlich strich er mit den Fingerspitzen über die Konturen des Gesichts, bis Chris ihn übermütig in die Seite boxte. „Muss ich jetzt etwa eifersüchtig auf mich selber werden?"

Alan schubste zurück und es entstand eine kleine Rangelei, die in einer innigen Umarmung endete, bei der Alan über Nora zu liegen kam. Und zum ersten Mal ließ sie es zu, dass diese Spannung, die immer stärker wurde, ganz und gar von ihr Besitz ergriff.

Alan lag über ihr und stützte dabei sein Gewicht auf den Unterarmen ab, damit er ihr nicht zu schwer wurde. Er wurde ernst und sah ihr tief in die Augen. Und dann, ganz langsam, beugte er sich zu ihr hinunter, bis ihre Nasenspitzen sich fast berührten. Er suchte ihre leicht geöffneten Lippen und presste seine darauf. Beide schlossen die Augen und versanken vollkommen in diesem endlos erscheinenden Moment. Seine Hand wanderte dabei ganz vorsichtig, beinahe schüchtern, unter ihren Rock bis hinauf zur Hüfte, fand ihr Höschen und begann, es herunter zu ziehen.

Danach gab es kein Halten mehr. Unter ständigen Liebkosungen befreiten sie sich gegenseitig von ihren Kleidern bis sie nackt Seite an Seite auf dem Bett lagen und Alan mit den Händen zärtlich ihren Körper erforschte. Er übersäte ihren Körper mit Küssen, von den Brüsten bis hinunter zur Scham. Und dann, als er spürte, dass sie es vor Verlangen kaum noch aushalten konnte, beugte er sich langsam über sie und drang in sie ein, zuerst ganz behutsam, dann immer tiefer, immer schneller und fordernder. In einer Mischung aus lustvoller Anspannung und brennender Begierde klammerten sie sich aneinander fest, ließen in immer schneller werdendem Rhythmus die Becken kreisen, bis das Feuerwerk in ihren Köpfen sie nur noch schreien ließ und wohlig warme Wellen der Entspannung ihre Körper überschwemmten.

In dieser Nacht schliefen sie mehrere Male miteinander. Obwohl „schlafen" eigentlich das falsche Wort war. Es glich eher dem „übereinander herfallen" zweier ausgehungerter Raubtiere. Von Mal zu Mal wurde es heftiger, wilder, fordernder. Als sie dann endlich erschöpft aber glücklich voneinander abließen, brach vor dem Fenster bereits der nächste Tag an.

X

Bereits einige Tage später spürte Chris, dass ihre Hochzeitsnacht nicht ohne Folgen geblieben war. Alan war überglücklich, als sie es ihm erzählte.

Chris versuchte, ganz selbstverständlich, trotz der üblichen Schwangerschaftsbeschwerden ihre Aufgaben ordnungsgemäß zu erfüllen, was der Rest des Teams mit Achtung zur Kenntnis nahm.

X

Einige Wochen später beendete Chris ihre Abschlussarbeit, für die sich einige Mitglieder der Crew für die Mitarbeit zur Verfügung gestellt hatten. So war ein Kurzfilm von besonderer Klasse entstanden, bei dem es um ein Umweltschutz-Thema ging.

An ihrem vorerst letzten Tag in London, es war ein Samstag, fand im Hauptstudio der Produktion die Erstvorführung von Christinas Filmprojekt statt, der die gesamte Produktionscrew beiwohnte. Und ausnahmslos alle waren von dem Ergebnis begeistert.

Danach mussten sich Chris und Alan schweren Herzens für einige Wochen voneinander verabschieden.

Es war Spätherbst 1973 und Chris musste ihren Abschluss an der Uni beenden, während Alan noch ein paar Wochen Dreharbeiten vor sich hatte.

Beide sahen sich nur kurz über die Weihnachtsfeiertage, die Chris bei Alan und seinen Eltern, die jetzt in London lebten, verbrachte.

Danach sahen sie sich erst Anfang Februar 1974 auf dem Flughafen in München wieder. Alan hatte hier Zwischenaufenthalt, auf dem Flug nach Sydney und Chris stieg in München zu, um ihn in seine Heimat zu begleiten.

Auf dem Flug erzählte Chris Alan von ihrem ersten Flug nach Australien im Februar 2013 und von den fünf Studenten mit denen sie sich angefreundet hatte. Sie wurde ganz melancholisch, als sie an die jungen Leute dachte, die in ihrer eigenen Zeit wie sie selbst vermutlich ebenfalls das Feuer nicht überlebt hatten.

X

Chris und Alan verlebten einige unbeschwerte Flitterwochen in Australien. Sie reisten kreuz und quer durch das Land und folgten dabei zufälligerweise genau der Route, die Chris als Nora im Frühjahr 2013 genommen hatte.

Sie kamen auch in den Ort in der Nähe von Ayers Rock, wo Cruze wegen seines Sturzes von einem Arzt behandelt werden musste. Sie parkten ihren Wagen auf einem Platz neben einer kleinen Kirche. Chris sah sich um und hatte dieses Dejavu Gefühl. Die Kirche sah neu gebaut aus. Sie war aus Holz und war weiß angestrichen. Ansonsten hatte sich die Umgebung nur unwesentlich verändert.

Plötzlich spürte sie, wie sich ihre Nackenhaare aufrichteten und spürte den bohrenden Blick in ihrem Rücken. Sie drehte sich um und begegnete dabei dem Blick eines Mannes, eines Aborigine, der neben dem einzigen Baum auf diesem Platz im Schatten saß.

Beide sahen sich Augenblicke lang einfach nur an. Alan, der gerade aus dem Wagen gestiegen und dabei war, diesen zu umrunden, bemerkte sofort, dass da irgendetwas Seltsames vor sich ging. Dann entspannte sich das Gesicht des Fremden und mit einem breiten Lächeln entblößte er seine makellos weißen Zähne. Augenblicklich entspannte sich auch Chris merklich und lächelte den Fremden an. Sie hatten einander wieder erkannt.

X

Als sie im Sommer 1974 nach London zurückkehrten, wo Alan mit den Dreharbeiten für die nächste Saison der Serie beginnen sollte, war Christinas Babybauch bereits zu fast voller Größe angewachsen.

Von den alten Bekannten wurden sie mit viel Halloo empfangen. Andrea und Michael Wentworth waren hocherfreut Chris wieder zu sehen. Natürlich fragten sie Chris sofort, ob sie ihren alten Job als Produktionsassistentin wieder haben wolle, doch Chris lehnte ab. Sie wollte sich als Drehbuchautorin etablieren.

Kurz nach Beginn der Dreharbeiten kam ihr Sohn zur Welt, dem sie als Hommage an ihren Mentor den Namen Richard gaben.

Chris hatte darauf bestanden, Alan bei der Geburt dabei zu haben, weil sie es aus der Zukunft so kannte. In 1974 war dies noch nicht üblich, weshalb das Klinikpersonal zunächst mit Unverständnis reagiert hatte.

Die nächsten Monate hegten und pflegten die beiden ihr kleines Glück. Das Haus, in dem Chris während ihres ersten Aufenthaltes in London ihr Appartement hatte, stand für einen relativ niedrigen Preis zum Verkauf, was Chris von Bekannten zugetragen wurde. Kurzerhand erwarb sie es und schuf für sich und ihre kleine Familie ein gemütliches Nest. Sie wusste, es würde nur ein Zuhause auf Zeit sein, doch sie hatte längst damit aufgehört in diesen Dimensionen zu denken. Für sie war Zuhause überall dort, wo Alan war. Ganz egal, in welchen Teil der Welt es sie verschlagen würde.

X

Nach Ende der Dreharbeiten der gegenwärtigen Saison, welches zugleich die Finale Saison der Serie war, kehrten Alan und Chris mit ihrem Sohn nach Australien zurück. Dort erwarben sie eine Farm und richteten sich ihr Leben ein.

Da sie aufgrund von Christinas besonderer Situation jedoch damit rechneten, dass ihr Traum eines Tages zu Ende sein könnte, nahm Alan seine Familie überall hin mit, wenn er zwischen Australien, England und Amerika pendelte, um Rollen anzunehmen.

Als Richard drei Jahre alt war kam Tochter Katie zur Welt. Die Vier führten ein normales Familienleben mit allen Höhen und Tiefen. Als Katie zehn und Richard dreizehn Jahre alt waren wurde Chris überraschend noch einmal schwanger. Es wurde eine Tochter. Ein Mädchen mit rotblonden Locken, das aussah wie ein Engel. Alan und Chris gaben ihr den Namen Belle, von Tinker Bell, der Fee aus Peter Pan. Belle war absolut ungeplant, doch Alan und Chris liebten sie gerade aus diesem Grund fast noch ein Wenig mehr als ihre beiden älteren Kinder.

In der Zeit von Belles Heranwachsen führte Chris ein Tagebuch, das sie später als Roman veröffentlichte.

Im Übrigen befolgte Chris den Rat des Priesters, der sie einst getraut hatte und genoss ihr Leben. Mit Hingabe begleitete sie ihre Kinder durch die erste Liebe, den ersten Liebeskummer, durch diverse größere und kleinere Katastrophen. Sie erlebte mit, wie ihre Kinder älter wurden, heirateten und irgendwann selber Kinder hatten.

So vergingen die Jahre und lange dachte niemand mehr an den seltsamen Umstand, der aus Nora Christina werden ließ.

X

Eines Morgens, im Spätsommer 2010 erwachte Alan neben Chris, nachdem beide sich in der Nacht mehrmals geliebt hatten. Zärtlich legte er seinen Arm um sie und erschrak, als er ihren Körper eiskalt fühlte. Chris war in der Nacht gestorben.

Obwohl Alan erschüttert war, sie verloren zu haben, war er dankbar für die 36 glücklichen Jahre, die sie miteinander hatten. Darum ließ er den Spruch „bis wir uns wiedersehen" auf ihren Grabstein eingravieren.

X

Nach der Beerdigung stürzte Alan sich in die Arbeit, um nicht ständig an seinen Verlust denken zu müssen. Doch nach einiger Zeit wurde die Einsamkeit, das Gefühl der Leere, übermächtig. Er wünschte sich nichts sehnlicher, als seine Frau wieder in die Arme zu schließen. Er schlief kaum noch und arbeitete beinahe rund um die Uhr, wie ein Besessener. Das Resultat war absehbar. Er erlitt einen Schwächeanfall. Nach der Entlassung aus der Klinik kehrte er auf seine Farm zurück. Für Monate schottete er sich dort vor der Außenwelt ab, wollte Niemanden hören oder sehen. Er versank so in seiner Trauer, dass für ihn alles andere nicht mehr von Bedeutung war. Seine Familie und Freunde befürchteten schon das Schlimmste.

Irgendwann, als Alan wieder einmal auf der Veranda saß, seine Gedanken um die Vergangenheit kreisten und sein Blick hinüber wanderte zu dem Hügel mit dem Baum, unter dem Chris beerdigt war, fiel ihm plötzlich das Heft wieder ein, in das Chris alles geschrieben und gezeichnet hatte, das sie aus der Zukunft nicht vergessen wollte. Viele Jahre hatte es in einem großen Briefumschlag verschlossen in einem Banksafe gesteckt.

Alan holte das Heft sofort am nächsten Tag aus dem Schließfach und fing an, die Eintragungen zu lesen. Er fand eine fast vollständige Beschreibung der Reiseroute von Noras Urlaubsreise 2013 und schöpfte plötzlich neue Hoffnung. Er fasste einen Plan. Es war ein aberwitziger Plan. Der Plan, sich seine Frau zurück zu holen.

In seinem Kopf hörte er plötzlich Christinas Stimme, die vor vielen Jahren, als sie genau über dieses Thema sprachen zu ihm sagte „ich werde eine andere Person sein. Ich werde anders riechen, anders schmecken. Ich könnte unausstehlich sein. Ich bin vielleicht eine Person, die Du überhaupt nicht leiden kannst". Und er hört auch seine Antwort „Ich liebe Dich und weder Raum noch Zeit können daran etwas ändern!"

X

Alan brach noch am selben Tag in Richtung London auf. Er hoffte inständig, der Priester, von dem beide damals getraut worden waren, möge noch am Leben sein. Er fand ihn noch an der gleichen Stelle, wie vor sechsunddreißig Jahren.

Aus irgendeinem, für ihn selbst unerklärlichen, Grund hatte der Priester es all die Jahre vermieden, sich versetzen zu lassen, weil er eine … ungewisse Vorahnung … hatte, dass genau an diesem Platz noch eine größere Aufgabe auf ihn wartete.

Der Geistliche, der die Wege des Herrn niemals in Frage stellte, brachte Alan mit Hank Murphy zusammen, einem Privatdetektiv, dem er vertrauen konnte.

Sie hatten noch fast zwei Jahre Zeit um jeden Schritt genau vorauszuplanen. Dabei war die schwierigste Aufgabe die, Alans unbändige Sehnsucht im Zaum zu halten. So musste Murphy Alan zuerst davon überzeugen, dass er, sollte es überhaupt möglich sein, Nora vor der Zeit zu finden, er sich ihr nicht sofort offenbaren durfte, weil die Ereignisse, die zu Noras seltsamer Zeitreise geführt hatten, noch nicht geschehen waren.

Er musste also warten, bis Nora ihre Urlaubsreise antreten würde und den Unfall geschehen lassen. Es kostete Alan beinahe unmenschliche Kraft, sich damit abzufinden.

Murphy versprach ihm, dass er alles menschenmögliche tun würde, um zu verhindern, dass Nora bei dem Unfall getötet wurde.

Nachdem alles Wesentliche besprochen war, begab Murphy sich auf die Suche nach Nora. Aus den Erzählungen wusste er, dass sie Krankenschwester und Rettungssanitäterin in Frankfurt am Main in Deutschland war. Er fand sie schneller als erwartet und behielt sie bis zum Eintreffen des Ereignisses unter regelmäßiger Beobachtung. Er durchleuchtete sie und ihren untreuen Ehemann und schickte seinem Auftraggeber regelmäßig Fotos.

Alan erwartete jedes Mal sehnsüchtig das neue Update. Er hatte im Büro in seinem Haus eine Wand eingerichtet, an die er alle Fotos von Nora heftete und vor der er sehr viel Zeit verbrachte. Seine Kinder beobachteten diese Entwicklung mit großer Sorge. Sie hielten das Ganze für eine fixe Idee.

X

Es war an einem dieser Abende, als Alan vor seiner Fotowand saß, ein Glas Rotwein in der Hand und sich die neuen Fotos betrachtete. Dabei fiel ihm ein Foto besonders ins Auge. Er stand auf, nahm es von der Wand, setzte sich wieder und sah sich das Foto ganz genau an. Es zeigte Nora als sie gerade das Haus verließ. Sie trug eine Sonnenbrille, obwohl der Himmel bedeckt war. Man konnte erkennen, dass sie geweint hatte. Doch Alan erkannte noch etwas Anderes. Der unter der Sonnenbrille sichtbare Bereich des rechten Wangenknochens war stark gerötet. So als wäre sie geschlagen worden.

Alan hielt es nicht mehr in seinem Sessel. Aufgewühlt und verwirrt stand er auf, griff sich das Telefon auf seinem Schreibtisch und wählte Hank Murphys Nummer. Dabei fiel sein Blick auf eine aufgeschlagene Seite des Heftes mit Christinas Zeichnungen. Wenige Stunden später saß er im Flugzeug Richtung Frankfurt.

Murphy nahm Alan auf dem Flughafen in Frankfurt in Empfang. Und natürlich versuchte er, Alan das was er vorhatte auszureden. Es war schlichtweg Irrsinn zu glauben, er könnte bereits jetzt in Noras Leben eingreifen, ohne zu riskieren, dadurch die Kette der Ereignisse zu verändern. Doch Alan war sich sicher. Er nahm Christinas Heft aus seinem Aktenkoffer, schlug eine bestimmte Seite auf und hielt sich das Heft neben das Gesicht.

„Sie hat mich gezeichnet!"

„Wie bitte?" Murphy brauchte einen Moment, bis er realisierte, auf was Alan hinaus wollte. Er sah die Zeichnung und dann Alan an. „Kein Zweifel. … Sie sagten doch, dass dieses Heft fast vierzig Jahre alt ist. Wenn sie das gezeichnet hätte, als sie sich in London begegnet waren, … dann hätte sie Sie als jungen Mann gezeichnet."

„Genau. … Nur weiß ich im Augenblick nicht, wie mir diese Information weiterhelfen soll."

„Zeigen Sie nochmal her", Murphy nahm das Heft vorsichtig und sah sich die Zeichnung genauer an. „Ich kenne dieses Café. … Sie geht da beinahe jeden Tag hin. … Meistens zwischen zwei und drei Uhr. … Sie sitzt an einem kleinen Tisch am Fenster, trinkt ihren Kaffee, sieht aus dem Fenster, bezahlt und geht wieder. … Ich hab Ihnen Fotos davon geschickt."

„Und wie komme ich da jetzt ins Spiel?"

„Ich denke Sie sind ihr dort begegnet. … Vielleicht haben Sie sich unterhalten. … Auf jeden Fall haben Sie genug Eindruck hinterlassen, dass es ihrer Frau wichtig war, Sie in dieses Heft zu zeichnen. … Bei unserem ersten Gespräch hatten Sie erwähnt, dass Christina alles in dieses Heft gezeichnet hat, was sie aus der Zukunft nicht vergessen wollte. Also …"

„Also werd ich dahin gehen. … Jeden Tag zwischen zwei und drei Uhr. … Ich werd Kaffee trinken und versuchen, einen möglichst bleibenden Eindruck zu hinterlassen."

„Ich muss Sie warnen. … Seien Sie vorsichtig. … sonst könnte es passieren, dass Sie alles zunichtemachen, wofür wir die letzten Monate gearbeitet haben. … Sie ist jetzt noch Nora, und nicht Ihre Chris. … vergessen Sie das nicht."

X

Am nächsten Tag ging Alan wie besprochen um zwei Uhr in das Café. Nora saß bereits an ihrem Tisch und sah geistesabwesend aus dem Fenster. Alan sah sich um. Das Café war seltsamerweise fast leer um diese Uhrzeit. Er nahm allen Mut zusammen, setzte ein möglichst freundliches Gesicht auf und schritt zielsicher durch den Raum. Vor Noras Tisch blieb er stehen und räusperte sich. „Verzeihung ... ist hier noch frei?"

„Nora tauchte langsam aus ihren Gedanken wieder auf. Als sie begriff, was der nette ältere Herr von ihr wollte, sah sie sich erstaunt um."

„Es ist leider ziemlich voll hier", blieb Alan in seiner Rolle. „Dieser Platz scheint der Einzige zu sein, der noch frei ist."

Nora brach in schallendes Gelächter aus. „Der ist echt gut. Den Spruch muss ich mir merken. ... Bitte ... setzen Sie sich. ..." Nora griff nach ihrer Tasse, nippte und verzog das Gesicht.

„Ist der Kaffee hier nicht gut?" tat Alan besorgt.

„Doch, doch", Nora lächelte Alan freundlich an, „er ist nur kalt geworden." Alan war erleichtert. Es schien einfacher zu sein, als er gedacht hatte. „Es würde mich freuen, wenn ich Ihnen einen Neuen bestellen dürfte."

Nora sah auf die Uhr, es war erst zehn nach zwei. „Ich weiß nicht ... eigentlich muss ich ..." **Bitte nicht**, dachte Alan und biss sich innerlich auf die Lippe. „Ach ... wieso eigentlich nicht! ... Ich trinke gerne einen Kaffee mit Ihnen. Sie sind nett ..."

Alan winkte die Bedienung herbei und bestellte zwei Gedecke Kaffee. „Vielleicht ein Stück Kuchen dazu? … Könnten Sie mir etwas empfehlen?"

„Den Käsekuchen müssen Sie unbedingt probieren. Der ist hier besonders gut", antwortete Nora arglos. Alan bestellte also zu den zwei Gedecken Kaffee noch zwei Stück Käsekuchen.

Nachdem die Bedienung Kaffee und Kuchen auf dem kleinen Tisch platziert und diesen wieder verlassen hatte, packte Alan die Gelegenheit beim Schopfe. „Sie sahen vorhin so verloren aus. … Ich musste mich einfach zu Ihnen setzen. … Es ist schön Sie lächeln zu sehen."

„Oh. … Ich war nur mit den Gedanken woanders."

„Verraten Sie mir wo?"

„Ich würde gerne verreisen. Ich hab überlegt, ob ich nicht eine Mittelmeerkreuzfahrt machen soll oder vielleicht nach Norwegen, oder sowas. … Was ist Ihre Geschichte? … Woher kommen Sie?"

„Australien!"

„Australien?"

„Japp. Oder Down Under, … wenn Ihnen das lieber ist." Alan schob sich ein ordentliches Stück Käsekuchen zwischen die Zähne. Ein gedehntes „mmmm" entlockte Nora ein Grinsen.

„Wie kommt es, dass Sie so gut Deutsch sprechen?" Auch Nora mampfte jetzt mit Appetit ihren Käsekuchen.

„Meine Frau war Deutsche …"

„War?"

„Sie starb vor knapp einem Jahr."

„Oh, das tut mir leid. ... Ich wollte keine alten Wunden aufreißen."

„Ist schon gut. ... Erstens konnten Sie das ja nicht wissen. Und zweitens ...", jetzt war er es, der einen abwesenden Gesichtsausdruck bekam.

„Zweitens?"

„... Entschuldigung. ... Ich dachte nur gerade, dass es gut tut, hier mit Ihnen zu sitzen und Kuchen zu essen. ..." Alan spürte, wie sein Magen sich langsam zu verknoten begann. Sein Herz fühlte sich schwer wie Blei an und sein Hals war wie zugeschnürt. Er konnte nicht weiter sprechen.

Plötzlich spürte er Noras Hand auf seiner. „Ist schon gut. ... Ich versteh das. ... Sie müssen darüber nicht reden, wenn es noch so weh tut." Alan lächelte sie dankbar an. Er hätte sich eben um Haaresbreite verraten. Er mochte nicht daran denken, was dann passiert wäre.

Nora schlug einen munteren Ton an, um ihn auf andere Gedanken zu bringen. „Erzählen Sie mir was von Australien. ... Ist es da so schön, wie man immer hört?"

Alan war dankbar für diesen Themenwechsel. „Es ist sogar noch schöner. ... obwohl ... Was hört man denn so?"

Es entstand noch eine muntere Unterhaltung, bis Nora auf ihre Uhr sah und feststellte, dass es bereits nach drei Uhr war. Sie warf Alan einen traurigen Blick zu. „Ich muss jetzt leider los. ... Schade. ... Ich hätte mich gerne noch länger mit Ihnen unterhalten."

„Wir können das Ganze ja wiederholen. ... Ich denke, ich werde eine Weile in Frankfurt bleiben."

„Ich bin jeden Tag hier, … zwischen zwei und drei Uhr", antwortete Nora, während sie ihr Notizbuch, das auf dem Tisch lag wieder in ihre Tasche packte.

„Ich werde da sein", antwortete Alan, stand auf und verabschiedete sie mit einem Handkuss, der Nora zart erröten ließ.

X

Alan blieb in Frankfurt. Er nahm sich eine Wohnung in einem etwas außerhalb liegenden Stadtteil, der Seckbach genannt wurde. Er genoss es, Zeit im Hessencenter zu verbringen, einem Einkaufszentrum in Enkheim, das Ähnlichkeit mit einer Mall in seiner Heimat hatte. Obwohl natürlich dieses Center in die Mall in seiner Heimat um ein Vielfaches hinein gepasst hätte.

Alan genoss die Anonymität der Großstadt. In seiner Heimat wäre er des Öfteren angesprochen und um ein Autogramm gebeten worden. Hier ließ man ihn in Ruhe. Und diese Ruhe hatte er auch bitter nötig.

Jeden Tag erwartete er Nora sehnsüchtig in dem Café. Die übrige Zeit schrieb er an dem Drehbuch, das er eigentlich schon längst fertiggestellt haben wollte. Sein Mac Book hatte er überall dabei, erledigte seine Post, beantwortete Fanbriefe, ging seinen Geschäften nach, bis er ihre Stimme hörte und nichts Anderes mehr von Bedeutung war. So verging Woche um Woche, Monat um Monat. Bis zu einem traurigen Tag kurz nach Neujahr.

Wieder einmal schien Noras MakeUp etwas verrutscht zu sein. Natürlich wusste Alan, dass Koenig sie wieder geschlagen hatte. Doch das war ein Thema, über das sie nicht sprachen. Es war so eine Art stille Vereinbarung zwischen ihnen.

Plötzlich, wie aus heiterem Himmel, fing Nora ganz von selbst davon an. „Ich werde ausziehen." Sie ließ das zuerst einfach so im Raum stehen. Alan wagte kaum zu atmen. „Ich such mir eine Wohnung und dann werd ich die Scheidung einreichen." Sie mißdeutete Alans Gesichtsausdruck. „Ich weiß. ... bis dass der Tod euch scheidet. Und so weiter. ... Aber es geht einfach nicht mehr. ... Ich kann nicht mehr die andere Wange hinhalten. Ich ... KANN ... nicht mehr."

Alan sah sie so unvoreingenommen an, wie es ihm möglich war. „Wenn Du Hilfe brauchst. ... Du weißt dass Du auf mich zählen kannst."

„Du kennst mich doch gar nicht. ... Nicht wirklich, meine ich."

„Ich weiß genug über Dich. ... Du bist der sanftmütigste Mensch, den ich kenne. ... Du verdienst es, glücklich zu sein. ... Ich lass es nicht zu, dass er Dir nochmal weh tut."

„Hör mal. Ich ..."

„Hör Dir doch meinen Vorschlag erst mal an." Als Nora nickte formulierte er sehr langsam und mit Bedacht, so dass kein Raum für Missverständnisse blieb. „Ich habe mir, als ich hier ankam, ein kleines Appartement genommen. Es ist ein niedriges Haus, nur drei Etagen. ... Vor ein paar Tagen ist das Appartement neben meinem frei geworden. ... Es ist nur ein Zimmer mit Küche und Bad. … Nun, … das Bad hat kein Fenster … aber die Küche ist komplett eingerichtet. Und den Rest kriegen wir schon irgendwie zusammen. … Was sagst Du? … Soll ich mal mit dem Vermieter reden? … Ich bin sicher, er wird Dir mit dem Preis entgegen kommen."

Nora lachte erleichtert. „Und ich dachte schon, Du willst dass ich …"

„Dass Du bei mir einziehst, meinst Du? … Bring mich nur nicht auf komische Gedanken", und ein wenig verlegen fügte er hinzu, „aber ich finde es zauberhaft, dass Du das für einen Moment ernsthaft in Erwägung gezogen hast. … Ich nehm das als Kompliment." Dann wurde er ernst. „Ich muss für eine Weile verreisen. … Ich weiß noch nicht, wann ich wieder komme. Und ich möchte Dich in Sicherheit wissen."

„Wo fährst Du hin?"

„Ich muss zuerst nach London und danach rüber in die Staaten. … Geschäftlich … Und danach erst mal zurück nach Australien. … Familienangelegenheit …"

„Und wann kommst Du wieder? … Sehen wir uns überhaupt wieder?" Verstohlen wischte Nora sich eine Träne aus dem Augenwinkel, die urplötzlich dort aufgetaucht war.

„Hey. … Natürlich sehen wir uns wieder. … Ich weiß noch nicht genau wann. … Möglich dass es ein Jahr dauert. … Aber wir sehen uns wieder. … Wir sind doch sowas wie … Freunde?"

„Freunde, ja. … Wir sind Freunde."

„Und außerdem gibt es das hier", damit klopfte er leicht auf sein Mac Book. „Und wenn Du willst, können wir uns jeden Tag sehen und zusammen eine Tasse Kaffee trinken. ... Dem Internet sei Dank."

„Na gut. Aber wenn hier zwei Uhr Nachmittags ist, dann ist in USA oder Down Under ... mitten in der Nacht? ... Ich denke nicht dass das für Deine Gesundheit so zuträglich ist, mitten in der Nacht Kaffee zu trinken."

Alan lachte, obwohl ihm nicht zum Lachen zumute war. Hank Murphy hatte ihn davon überzeugt, dass er sich so langsam wieder zurückziehen musste. Je näher das Ereignis rückte, desto größer war sonst die Gefahr, dass sich etwas veränderte, wenn er länger hier blieb. Dann wäre alles umsonst gewesen. Also hatte er die Story von der längeren Geschäftsreise erfunden. Noch knapp dreizehn Monate, bevor Nora ihre Reise nach Australien antreten würde. Und er hielt es jetzt schon kaum noch aus.

X

Als Alan endlich wieder zurück in Australien war, stand ihm noch eine ernste Unterredung mit seinen Kindern bevor. Er war vor Monaten von heute auf morgen einfach verschwunden. Natürlich hinterfragten sie sein Handeln. Sie konnten es ja nicht verstehen. ... Wie sollten sie auch.

Alan nahm sich vor, ihnen die ganze Geschichte zu erzählen. Ein paar Wochen später ergab sich dazu endlich die Gelegenheit.

Zum Beweis legte Alan seinen Kindern das Heft vor, das viele Jahre in einem Banksafe geschlummert hatte. Einige der Dinge, die in diesem Heft verzeichnet waren, hatten sich erst lange nachdem das Heft unter Verschluss genommen wurde ereignet. Alan zeigte seinen Kindern auch die Seite mit Noras Selbstportrait, das der Frau auf den Fotos an seiner Wand haargenau glich. Dann blätterte er einige Seiten vor. Und sie sahen eine Zeichnung von ihrem Vater in einem Café. Eine Zeichnung, die fast vierzig Jahre alt war und ihn so zeigte, wie er jetzt aussah.

Das war für die Kinder der Beweis, dass ihr Vater nicht vor lauter Trauer verrückt geworden war. Nun fieberten auch sie dem Tag entgegen, an dem Nora in Sydney eintreffen sollte.

X

Im Februar 2013, nach endlos erscheinenden Monaten voller Zweifel und Hoffnung, war es endlich soweit. Alan hatte sich schon früh mit dem Privatermittler auf dem Flughafen getroffen. Hank Murphy hatte herausgefunden, dass an diesem Tag drei Maschinen direkt aus Deutschland ankommen würden und noch einmal vier, die ebenfalls deutsche Passagiere an Bord hatten, die keinen Direktflug genommen hatten.

Aus Christinas Erzählungen wusste Alan, dass ihre Ankunft irgendwann um die Mittagszeit sein würde, was den Suchradius auf zwei Maschinen eingrenzte.

Und schließlich sah er sie. Es war, als würde sein Herzschlag für Sekunden aussetzen. Seine Kehle fühlte sich wie zugeschnürt an. Er hätte ihr Gesicht unter Tausenden wiedererkannt.

Zuerst stand sie etwas verloren vor dem großen Gepäckband, dass er beinahe doch versucht war, sofort zu ihr hin zu eilen. Doch er musste sich im Hintergrund halten, sonst hätte sie ihn möglicherweise erkannt. Und schon im nächsten Augenblick stürmten fünf ungestüme junge Leute auf sie zu und halfen ihr, ihre Sachen wieder zu finden.

Danach beobachteten Alan und Murphy, wie Nora zum Schalter der Autovermietung ging, weil sie offenbar etwas umtauschen wollte. Sie erhielt andere Papiere und mit großem Hallo machte sich die muntere Clique auf den Weg zu den Parkplätzen.

Während Murphy, bewaffnet mit einer Kopie von Christinas Reisebericht, der Gruppe folgte, blieb Alan zurück. So dicht vor seinem Ziel wollte er keinen Fehler machen, wollte sich nicht zu früh verraten, um die Ereigniskette nicht zu verändern.

Murphy folgte der quirligen Reisegruppe. Und da er genauestens über deren Reiseroute informiert war, musste er nicht hinterher fahren, sondern war immer bereits vorher an den einzelnen Orten. So konnte er sich vorbereiten und schickte seinem Auftraggeber regelmäßig Fotos via Internet. Auf diese Weise war Alan stets über alles was geschah genauestens informiert.

X

Dann kam die Nacht, vor der sich Alan die ganze Zeit gefürchtet hatte. Würde es möglich sein Nora zu retten? Bei dem Gedanken, dass die ganze Anstrengung vielleicht um-sonst gewesen sein könnte, wurde ihm übel. Er klammerte sich verzweifelt an die Hoffnung, dass alles aus einem be-stimmten Grund geschehen sein könnte. Dass alles, was ihnen beiden widerfahren war, einen tieferen Sinn hatte.

Murphy war darauf bedacht, dass er vor dem Feuer das Gebiet verlassen hatte, damit er die Ereignisse von außen zu lenken vermochte. Er organisierte ein einzelnes Löschflugzeug, das mit etwas Glück genau zur richtigen Zeit am richtigen Ort sein würde, um seine Ladung direkt über der Absturzstelle ab zu werfen. Der Pilot und Besitzer des Flugzeuges wurde gut bezahlt und stellte deshalb keine unbequemen Fragen. Und alles geschah dann exakt genauso, wie es Alan und Murphy vorausgeplant hatten.

Die Kälte, die Nora spürte, kurz bevor sie das Bewusstsein verlor, war demnach nicht das Feuer, sondern das kalte Löschwasser, das verhinderte, dass ihre Absturzstelle buchstäblich in Flammen aufging.

X

Einige Tage später in einem Krankenhaus in Sydney. Alan und seine Kinder waren dem Anruf des Privatermittlers gefolgt und standen jetzt etwas verloren in der Eingangshalle. Murphy nahm sie dort in Empfang. Er hatte das Personal der Station, auf der Nora und ihre fünf Freunde untergebracht waren, bereits informiert, dass Nora Besuch ihrer Familie erhalten würde. Eine Familie, von der sie viele Jahre getrennt gelebt hatte und zu der sie gerade im Begriff gewesen war zurück zu kehren. Deshalb stellten die Ärzte und Schwestern keine weiteren Fragen, als Alan mit seinen Kindern dort eintraf.

Ohne viel Aufhebens wurde Alan genauestens über Noras Gesundheitszustand informiert. Danach durfte er sie das erste Mal sehen.

Nora lag in einem Bett auf der Intensivstation. Ein offener Beinbruch war mit Extensionen fixiert und sah echt gruselig aus. Sie hatte hohes Fieber wegen einer Infektion, die durch das Löschwasser in ihren Körper gelangt war, doch sie lebte.

Als Alan seine Hand auf die ihre legte, schlug sie die schweren Augenlider auf und erkannte ihn sofort. „Wo warst Du so lange, alter Mann?" fragte sie ihn. „Alter Mann" war so ein Running Gag zwischen ihnen beiden. So konnte Alan sicher sein, dass er wirklich seine Frau vor sich hatte.

„Shopping!" antwortete er in demselben flapsigen Ton.

Als er sich über sie beugte und ihre Lippen sich zu ihrem ersten Kuss trafen, war er sicher, das Richtige getan zu haben. Die ganze Anspannung der letzten Wochen und Monate wich von ihm und alles war wieder so, wie es vor Christinas Tod war. Oder zumindest beinahe.

Alan lächelte verschmitzt. „Da ist noch jemand, der Dir gerne Hallo sagen möchte." Er ging zur Seite und Nora sah hinter ihm in der Tür seine Kinder auftauchen. Ihre Kinder. Sie wirkten noch unentschlossen. Belle hatte eine kleine Stoffpuppe in der Hand. Ein Talisman, den ihr Chris vor Jahren aus ihrer alten Lieblings-Schmusedecke genäht hatte. Noras Augen begannen zu leuchten. „Tinkerbell. …" Mehr konnte sie nicht sagen. Ihre Tochter fiel in ihre Arme. Ihr Gesicht war nass vor lauter Freudentränen. Katie kam von der anderen Seite an ihr Bett. Sie suchte Noras Hand und schlang mit ihr ihre Finger ineinander, wie sie das früher als Kind oft getan hatte. Sie hatte sich fest vorgenommen, nicht zu weinen. Doch in diesem Augenblick war es um ihre Fassung geschehen.

Auch Richard, der gerne den starken Mann spielte wurde bei Noras Anblick ganz schniefelig.

Auf der anderen Seite des Raumes lagen Noras Reisegefährten in ihren Betten und beobachteten das Geschehen mit wachsendem Erstaunen. Mirko brachte es schließlich auf den Punkt. „Haben wir irgendwas nicht mitgekriegt?"

Nora sah zu ihren jungen Freunden hinüber mit einem schelmischen Lächeln auf den Lippen. „Nur ungefähr die letzten sechsunddreißig Jahre."

X

Einige Wochen später läuteten die Hochzeitsglocken in einem kleinen Ort in der Nähe von Ayers Rock (oder Uluru, wie der Berg auf Aborigine heißt). In einer kleinen, aus Holz erbauten und weiß angestrichenen Kirche, gab Alan seiner Frau ein zweites Mal das Jawort. Trauzeugen waren diesmal ihr Sohn Richard, ihre Töchter Katie und Belle, fünf Studenten aus Deutschland sowie ein alter Mann aus dem Dorf. Ein alter Mann, der Chris *und* Nora gekannt hatte und der noch wusste, dass Träume manchmal sehr viel Mehr sind.

ENDE